# Hugues Rebell

# ATHLÈTES & PSYCHOLOGUES

PRIX : 50 CENTIMES

PARIS

Léon Vanier, Bibliopole

19, Quai Saint-Michel, 19

1890

À Monsieur Maurice Barrès

en reconnaissance des heures exquises passées avec son âme, l'offre de ces pages dont il voudra bien ne pas sourire.

Hugues Rebell

# ATHLÈTES & PSYCHOLOGUES

# Hugues Rebell

# ATHLÈTES & PSYCHOLOGUES

PARIS

Léon Vanier, Bibliopole

*19, Quai Saint-Michel, 19*

1890

« Le renouveau des sports athlétiques
aura eu sur la jeune génération la plus
salutaire influence. Elle y gagnera les
doubles muscles, ce qui est déjà quelque
chose ; mais elle y gagnera en même
temps d'avoir dépensé moins d'heures
par jour sur des livres à bachot...

Nos jeunes « lenditeurs » seront tout
autre chose que pessimistes... Le pessimisme commence à se friper d'étrange
façon. Je vois bien, dans les livres de
M. Bourget ou de M. Barrès, un tas de
jeunes personnages qui persistent à s'ana-
lyser entre leurs repas, d'ailleurs frugaux,
mais je ne les rencontre point dans la
vie. Il n'y a guère plus que quelques
snobs en retard qui croient au pessimisme ;
et j'entrevois, comme une prochaine au-
rore, l'époque où il sera aussi prud'hommesque d'être schopenhauerien que voltai-
rien, et où ce jeune homme qui s'analyse,
ira rejoindre dans la collection rétrospective
des types à caricature le bon jeune homme
de 1830, et le larmoyeur humanitaire de
1848...

Ainsi pourvus de vigueur physique et
de santé morale, les jeunes hommes de
demain, marcheront à l'amour, je l'espère,
comme il faut y marcher, c'est-à-dire
comme à la plus haute des joies humaines,
etc., etc...

Chroniques.

# ATHLÈTES & PSYCHOLOGUES

Applaudissons ! Le grand jour est arrivé. Enfin nous voyons surgir la génération de nos rêves, celle que les siècles attendaient et qui va réaliser l'Œuvre. Dieu merci ! nos espérances n'étaient pas vaines, nos efforts ont abouti ; et nos méthodes scolaires, si imparfaites qu'elles soient, méritent des louanges, puisqu'elles préparèrent cette glorieuserenaissance.

Renaissance de l'esprit gaulois, des virilités puissantes, de la philosophie joyeuse de nos pères ! Nous sommes revenus à nos traditions nationales, et même, que M. Renan s'en réjouisse ! à l'Art grec qui, comme chacun le sait, repose tout entier sur les jeux de la palestre et du stade. Nous sommes sauvés. Entendez - vous dans les rues ces rires vaillants indice de la bonne santé et de la vigueur des muscles ? Ce sont nos jeunes gens, l'espoir de la France ! qui passent, vêtus de larges et commodes vêtements anglais, portant de fortes cannes pour se défendre, les chairs épanouies et fraiches. Comme ils conversent gaîment ! On sent qu'ils ont répudié l'esprit alambiqué, la nuageuse métaphysique de leurs ainés et qu'ils sont retournés à ce qui fait vraiment la grandeur de notre race : la femme, le vin et le tabac ! ainsi que le chante un refrain à jamais célèbre.

Bientôt on va fermer les collèges jugés avec raison inutiles, et ouvrir à la place des salles d'escrime et de boxe. Quant aux théâtres, les directeurs seront assez sages, j'espère, pour les transformer en cirques, l'esprit moderne étant à présent trop sérieux pour se plaire à ces puériles représentations. J'ai même appris à ce sujet qu'une société de gymnastique se proposait d'acheter le théâtre de Bayreuth. Il est certain que ce pauvre Wagner nous parait bien vieux jeu, avec ses symboles pessimistes. Seuls Rabelais, la dive bouteille et l'hippodrome restent éternellement jeunes.

Nos adolescents n'ont en effet nul besoin de ce vain bagage littéraire, et je dois dire qu'à leur précoce sagesse, les exercices physiques plaisent beaucoup mieux que les insipides bavardages des rhéteurs. Ils y apportent l'enthousiasme, l'émulation que leurs devanciers mettaient à des jeux d'esprit sans portée. Les plus petits sont les plus méritants. Sophocle chantant le péan à Salamine est maintenant dépassé par ce héros dont les journaux ont répété le nom à l'envi et qui arriva le premier dans la carrière, dépassant ses ainés. Regardons cet enfant, car il porte l'avenir. C'est par des traits semblables que les génies se dévoilent, les génies nouveaux qui ne seront pas des ergoteurs, mais des hommes forts, ou simplement des hommes. Cela ne suffit-il pas ? Bien manger, bien digérer, bien aimer, n'est-ce pas là toute la vie ? Nous sommes fatigués, nous ne pouvons trop le répéter, de ces inutilités qu'on appelle littérature, poésie, musique, peinture, métaphysique. Si ce n'était qu'inutile, passe encore ! mais c'est absolument nuisible à la société. Il est avéré que M. Zola a provoqué les grèves de Decazeville et Paul Bourget demeure responsable de Chambige. Au lieu que des sports comme l'équitation, les armes, etc., développent le corps, forment des athlètes et par là même préparent à la France d'honnêtes époux et de dévoués patriotes. Désormais un fils de famille ne sera pas exposé comme tant de jeunes gens aujourd'hui, à mourir de faim, et pourra gagner noblement sa vie dans la belle profession d'acrobate ou de clown.

Aussi, en attendant que s'établisse un enseignement pratique qui satisfasse les légitimes ambitions de notre jeunesse, l'Université a-t-elle reconnu la nécessité de réformer complètement ses programmes. Le latin et le grec restent encore, mais nous annonçons avec plaisir aux familles qu'ils ne tarderont pas à être complètement bannis de l'éducation. Nos adolescents ont soif d'études sérieuses et utiles qui les familiarisent avec la lutte prochaine et leur permettent plus tard de gagner une immense fortune pour établir convenablement leur famille. Dès le bas âge, on doit donc les initier aux secrets de la comptabilité et aux mystères du commerce. Quant aux langues vivantes, j'espère qu'on ne prendra sur les heures consacrées aux exercices du corps que le temps nécessaire pour apprendre aux élèves à rédiger une lettre d'affaires. A quoi bon surcharger ces cerveaux délicats des noms trop encombrants de Shakespeare ou de Goëthe.

Mieux vaut, par quelques notions (oh ! élémentaires? seulement) de mathématiques, leur montrer à voler honnêtement leur prochain.

## II

Car, c'est là que vous arrivez, avec votre éducation stupide à la Spencer, avec vos admirations pour les hercules et vos railleries pour ceux qui pensent. Vous croyez que la moralité dépend des muscles et qu'il faut enseigner l'industrie pour faire des hommes vertueux. Le Songe de Scipion, les pensées d'Epictète à votre sens sont inutiles, et nous ne devons pas élever les yeux plus haut que l'enseigne de l'épicerie ou de la maison de banque du coin. Nous étions un peuple d'artistes, le plus artiste de tous les peuples, régnant réellement par notre esprit et notre littérature sur le monde entier, et voici que vous voulez nous transformer en athlètes et en brocanteurs ; vous nous assignez la vie mesquine pour prison et nous défendez d'en sortir. Nos poètes et nos romanciers sont coupables du crime de lèse-société pour oser regarder en eux-mêmes et aligner des phrases rythmées ; et à nos angoisses, à nos doutes, vous annoncez triomphalement, avec des coups de grosse caisse et en brûlant un mauvais encens, l'arrivée de ces hercules, de ces clowns, qui vont nous remplacer et que nous devons acclamer comme nos libérateurs. Eh bien, non ! c'est trop nous demander ! Nous sommes prêts à nous effacer devant ceux qui apporteront une noble philosophie, un rêve plus beau que le nôtre, mais pas devant ces acrobates de foire, ces puérils optimistes qui nous condamnent à leur brutal bonheur. En vérité, il serait extraordinaire de voir apparaître ces barbares sans pousser un cri et d'accepter leur grossièreté contente d'elle-même comme une solution inattendue à nos problèmes. Non, ce ne seront pas ceux-là qui nous sauveront, ce seront les penseurs que d'autres penseurs auront préparés et qui leur succèderont; comme eux, ayant passé leur existence dans l'étude, comme eux tristes, parce que toute connaissance est triste. Rappelez-vous plutôt la Mélancolie d'Albert Dürer. Et l'œuvre de nos contemporains, quoiqu'on puisse dire, ne demeurera point méprisable, car, en dépit de quelques fumisteries sans conséquence, la vie de l'homme de lettres, solitaire et désinteressée, sincère et sérieuse, aura reçu sa consécration de quelques écrivains de notre époque, de ceux qui sont généralement en butte aux railleries des sots, mais que nous vénérons comme des dieux : Alfred de Vigny et Baudelaire, Paul de Saint-Victor et

Flaubert, pour ne parler que des morts. Et quand tout s'écroule, quand les théories succèdent aux théories, quand les crimes et la folie triomphent, que les communistes et les socialistes se déchirent, c'est la gloire (gloire unique et suffisante) de notre siècle d'avoir maintenu au-dessus de ces stériles disputes, la bannière de l'Idée et du Beau, d'avoir édifié le temple tranquille du Rêve, œuvre de ceux que vous appelez les égotistes et les psychologues, de ceux que vous appelez les pessimistes et qui ne furent que des contempteurs du mal universel et des prêtres de l'âme, pénétrés de leur divine mission.


## III


L'âme ! n'est-ce pas le plus noble sujet d'étude, le plus propre à intéresser un esprit élevé ? Aussi de tout temps en a-t-il été ainsi. Le « jeune homme que s'analyse » n'est point un type moderne et n'appartient pas plus à M. Bourget ou à M. Barrès que le pessimisme n'est la propriété de Schopenhauer. Je n'ai pas besoin de parler de Socrate, ni de Marc-Aurèle, assez connus, je suppose, mais déjà, au

XIIIᵉ siècle, Saint Bonaventure dans son admirable Itinéraire, recommandait la méditation intime comme le moyen de s'élever à Dieu et d'arriver au bonheur. Plus tard l'auteur de l'Imitation donnait le même conseil et la vie intérieure devint dès lors la règle, non seulement des personnes pieuses et des saints, mais des philosophes, des moralistes, des romanciers, des poètes. Le *Discours de la méthode, Hamlet*, les *Essais de Montaigne*, nos plus beaux romans depuis *Volupté* jusqu'à l'*Education sentimentale* sont là pour le prouver. Dans l'antiquité comme de nos jours, je ne trouve parmi les maîtres que des hommes « qui s'analysent ». On nous assure que cette mode, vieille de plusieurs siècles, va passer. Tant pis ! Car, alors, il n'y aura plus ni pensée, ni morale. Pas de métaphysique qui ne repose sur une psychologie. On ne parvient à connaître les vérités éternelles qu'en étudiant les vérités particulières ; on ne s'élève à l'idée pure qu'en contemplant en nous-mêmes son reflet. Et si nous voyons que des ambitieux comme Julien Sorel, que des voluptueux comme Valmont, que de faux savants comme Greslou se servent de la psychologie pour leurs desseins coupables, l'usage que l'on fait de l'instrument n'infirme en rien l'excellence de ses propriétés.

Le laudanum, de même, est à la fois un remède et un poison ; et cette psychologie qui aide les libertins dans leurs séductions et élève les Rastignac aux suprêmes honneurs, reste pour l'homme vertueux le seul moyen qu'il possède de pratiquer le bien. Il faut, en effet, se regarder soi-même de très près pour éviter, je ne dis pas le mal, mais son habitude, et ceux qui se conduisent avec le plus de sagesse, sont ceux qui s'observent minutieusement chaque jour et tiennent un compte fidèle de leurs actions. N'est-ce pas de la sorte que procèdent les vrais chrétiens dans la confession catholique, salutaire surtout en ce sens qu'elle oblige les âmes à se mieux connaître ? La moralité, loin de redouter la science, en est une conséquence inévitable.

Qu'on ne dise donc point que la méditation nous rend mauvais et inutiles. Egotisme, oui, mais non pas égoïsme. S'étudier soi-même, c'est découvrir qu'on est misérable, plein de vices, sans force pour accomplir le bien et réaliser le beau, c'est apprendre l'humilité et l'indulgence, l'amour et la pitié. L'analyse qui a pour résultat l'orgueil et le mépris des autres, n'est ni sincère ni complète. Un homme vivant avec lui-même n'a que la fierté légitime des croyants et ses haines peuvent aller à des théories, mais non à des personnes.

Après cela, je l'avoue, l'égotiste se soucie peu d'économie politique. Il a pour unique règle de vivre dignement et de s'ennoblir l'âme. Il ne songe pas à bouleverser les Etats, ni à changer les gouvernements. Idéaliste par dessus tout, il ne se préoccupe pas des jouissances matérielles ; et s'étant résigné à ne point les envier pour lui-même, il ne les désire point non plus pour les autres. Bien persuadé que nul progrès de bonheur n'est possible en ce monde, et que nos besoins croissent à mesure que nous les rassasions, il se contente d'accomplir sa tâche quotidienne, d'étouffer autant que possible ses appétits et de se ménager quelques instants pour ses rêves. Quant aux socialistes, il essaie, sans y parvenir, de les oublier, évite leur société, comme dangereuse, et leur laisse le soin de miner les palais, de faire dérailler les trains et d'égorger les empereurs.

# IV

Voilà bien le grand crime ! Nous ne croyons pas à la vie, nous sommes des pessimistes, par là même non seulement répréhensibles, mais ridicules, « le pessimisme, nous assure-t-on, n'étant plus pris au sérieux que par quelques snobs en retard » et un schopenhauerien « paraissant déjà très prud'hommesque ». Il semble que certaines gens regardent une philosophie comme un habit qu'il convient, quand la mode est passée, de ne plus revêtir. Ces personnes, qui n'ont jamais lu un logicien, s'imaginent que la pensée d'un génie peut s'en aller ainsi au vent après quelques années, et n'ont pas remarqué que, depuis le commencement des siècles, l'humanité tournait toujours dans le même cercle, délaissant une théorie pour la reprendre quelque temps après.

En dépit de sottes plaisanteries, Schopenhauer restera comme est resté Spinosa, comme est resté Platon ; il restera non seulement pour son livre du *Monde comme volonté et représentation*, mais parce qu'il a renouvelé la plus noble des morales et inspiré le plus merveilleux artiste que le monde ait produit depuis Shakespeare : Richard Wagner (1).

Et à son école, les jeunes écrivains continueront d'aller, demandant au seul rêve la consolation que leur refuse cet univers de douleur, d'ignorance et de crime. Toujours, il est vrai, ils ne pourront s'arracher à la vie, aussi leur reprochera-t-on, comme on l'a fait déjà, leur tristesse, mais cette tristesse, si pénible qu'elle soit pour eux, ils la préféreront encore à ce contentement béat qu'on nous propose comme la suprême sagesse et qui n'est que le résultat d'un aveuglement stupide et d'une ignoble inconscience.

D'ailleurs, cette tristesse aura des éclaircies. Il y a des heures où l'homme qui, sincèrement, a renoncé à ces misérables plaisirs humains, atteint la joie immense, suprême, où sa personnalité s'évanouit, où, magnifiquement heureux, il ne désire plus rien.

C'est la joie que donnent la Religion et l'Art. A nos yeux, tous les prétendus paradis de la terre ne vaudront jamais le ciel qu'ont imaginé dans l'extase les mystiques du Moyen-Age, ni le monde que nous recréons par le rythme, les sons, les formes, où les

---

(1) Nous devons rappeler d'ailleurs que l'égotisme n'a aucun rapport avec la morale de Schopenhauer, fondée sur le renoncement à sa propre personnalité.

Idées, qui se dévoilent à travers cet univers manqué, apparaissent dans leur complète réalisation, étincelantes, splendides, vraiment divines, inspiratrices de toute beauté, souveraines de tout noble esprit, éclairant l'âme qui les contemple de leur lumière éternelle.

Laissez-nous donc à nos analyses, à nos songes, à notre pessimisme. Notre vie intérieure est plus digne, plus calme, peut-être plus utile que la vie toute physique des hommes forts que vous nous annoncez. Ceux-là, pour vouloir réaliser quelque chose sur la terre, sont condamnés à des déboires continuels, à de nombreux crimes. Nous, au moins, demeurant avec nos livres et dans la solitude, nous aurons la consolation de nous dire à notre mort que nous avons fait moins de mal que d'autres et goûté dans l'Art quelques moments d'un bonheur pur et complet.

LONDRES, juin 1890.

Nantes. — IMPRIMERIE NANTAISE, rue Santeuil, 8.